BLOOD ALONE 6

Sommaire

Épisode 25
CONFRONTATION WITH THE PAST

QUAND LE PASSÉ RESURGIT

KUROE ?
COMME C'EST ÉTRANGE... C'EST PEUT-ÊTRE LÀ UN SIGNE DU DESTIN...
O... OUI...

!!
POF
BOM
MAIS...

CHLOÉ...
C'EST MON NOM !
OH !

ムク
HMM...
PFF...
C'ÉTAIT JUSTE UN CAUCHEMAR...
...
ZZZ
!!

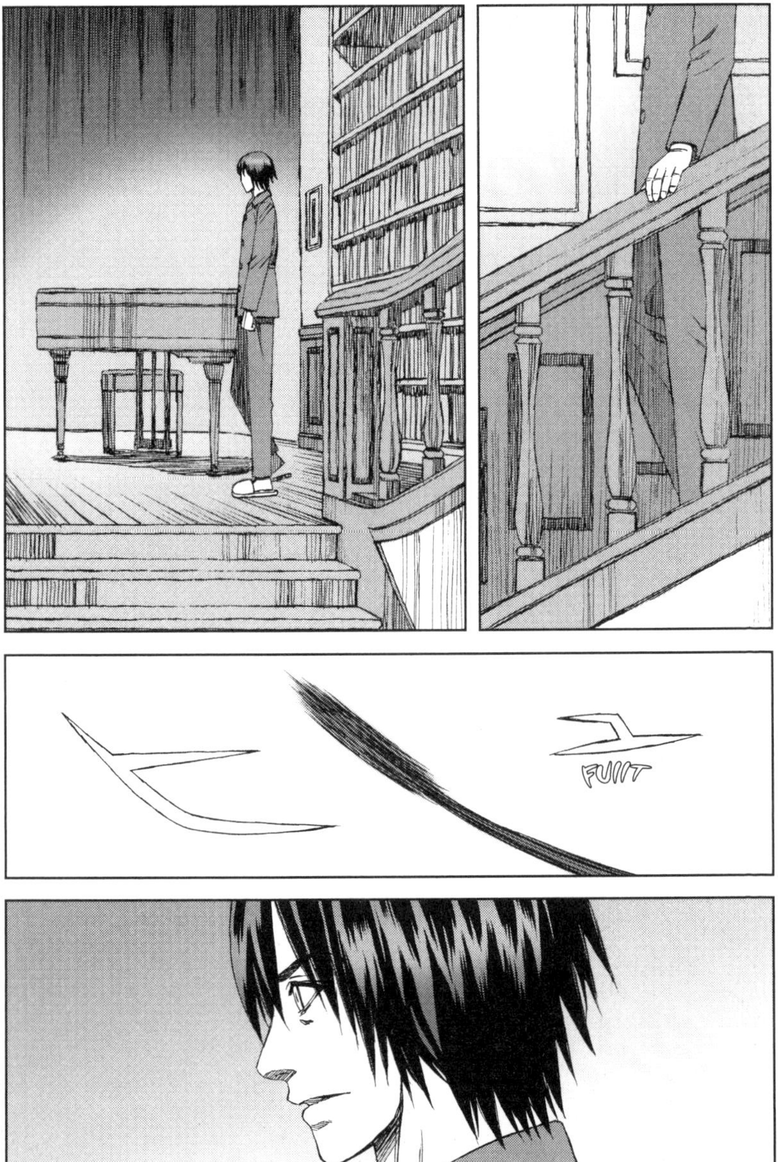
FUIIT

VSH

PLOF
...
QUE VIENS-TU FAIRE ICI...

LADY ?
QUEL ACCUEIL HAUTAIN, DIS-MOI...
VISIBLEMENT, LE MÔME QUI TREMBLAIT DE PEUR DANS LE MÉTRO A PRIS DE L'ASSURANCE !

ゴオオオ
WROOO
HAN...
HAN...
TU ME DÉÇOIS UN PEU, LÀ...

CE N'EST PAS BIEN COURAGEUX DE LA PART D'UN VANA-TORE...
DE CHER-CHER À SE FONDRE DANS LA FOULE...
SI TU NE VEUX PAS MÊLER LES AUTRES PASSAGERS À NOTRE AFFAIRE, DESCENDS À LA PROCHAINE STATION !
ON SE FERA UN PLAISIR DE TE CRUCI-FIER POUR L'EXEMPLE...
C'EST À TOI DE VOIR !

EN TOUT CAS, CE NE SERAIT PAS TRÈS ÉLÉGANT QUE TOUS CES GENS SOIENT CONDAMNÉS À MOURIR À CAUSE DE TON ENTÊTEMENT...
EH ! TU M'ÉCOUTES ?
FSH
?!

?!
QU'EST-CE QUI SE PASSE ?!
HEIN ?!
HIIIII !!
GNASH
GNASH
ÇA... ÇA VA ?!

BAAM
QUOI ?!
NON...
SPROTCH

AAH !
BOUM
!!
SPLASH

FLAP
DOOM

TU ME VOIS ?
!!
ES-TU CAPABLE ...
DE ME VOIR ?

TE SOUVIENS-TU DE KARE-DOWULF ?
KARE-DOWULF ?
OUI, LE PREMIER VAMPIRE DE L'ANCIENNE GÉNÉRATION QUE TU AS RÉUSSI À VAINCRE...
!!

UN "AL HAIK"...
UN VAMPIRE DE L'ANCIENNE GÉNÉRATION !!
...
OUI, JE M'EN SOUVIENS... POURQUOI ?
POUR RIEN...
C'EST UNE BONNE CHOSE QUE TU NE L'AIES PAS OUBLIÉ...
?

LADY...
DIS-MOI...
ス
FUIT
!!

JE VOU-LAIS JUSTE M'ASSURER QUE TU N'AVAIS RIEN PERDU DE TES CA-PACITÉS...
!!
...
LADY !
FUIIT

...
QU'EST-CE QUI LUI PREND ?
FIOUH...
HMM...
HMM...
ELLE AURAIT FAIT DES MILLIERS DE KILOMÈTRES RIEN QUE POUR ME VOIR ?
ELLE EXAGÈRE...

PFF... CE VOYAGE M'A ÉPUISÉE !
C'EST TOUT DE MÊME INCROYABLE QU'AU XXIE SIÈCLE, LES CERCUEILS RESTENT ENCORE POUR NOUS LE MOYEN DE TRANSPORT LE PLUS RAPIDE...
NE TE PLAINS PAS...
AUTREFOIS, IL ÉTAIT IMPENSABLE DE VOYAGER D'UN CONTINENT À L'AUTRE...

TOUT DE MÊME...
AVEC LES BONNES RELATIONS, ON AURAIT PU VOYAGER EN JET PRIVÉ !
TU AURAIS PRÉFÉRÉ FAIRE APPEL À L'INSIGRAD SPARDA ?
TU PLAISANTES, LIV ?!
HORS DE QUESTION DE DE DEVOIR QUOI QUE CE SOIT À CES TYPES !!
GRANDE SŒUR...
JE SAIS QUE CE N'EST PAS LE MOMENT DE TE DIRE ÇA, MAIS...
TU CROIS VRAIMENT QUE CETTE INFORMATRICE EST CRÉDIBLE ?

J'AVOUE QUE JE ME SUIS PLUTÔT LANCÉE LÀ-DEDANS POUR SORTIR DU TRAIN-TRAIN QUOTIDIEN...
BEN JUSTEMENT...
N'EST-CE PAS, MEV ?
MA FOI, SI TU N'ÉTAIS PAS SÛRE DE TENIR UNE PISTE SÉRIEUSE, TU NE TE SERAIS PAS DÉPLACÉE JUSQU'ICI...

MERCI DE M'AVOIR RAC-COMPAGNÉ !
C'EST PLUTÔT À MOI DE TE REMERCIER !
TU ME SAUVES LA MISE... JE NE SAIS JAMAIS QUE CHOISIR COMME CADEAU POUR UN HOMME !
RAVI DE T'ÊTRE UTILE...
ET DE SAVOIR QUE QUELQU'UN A RÉUSSI À FAIRE FONDRE LE CŒUR DE L'AUSTÈRE SAINOME...
PAS... PAS DU TOUT !
C'EST JUSTE UN COLLÈGUE DE BUREAU QUI VA CHANGER D'AFFECTATION, ALORS ON A DÉCIDÉ DE LUI FAIRE UN CADEAU EN COMMUN...

ALLEZ, À LA PROCHAINE !
ATT...
ARRÊTE DE ME CHARRIER ! JE TE JURE QUE C'EST VRAI...
MAIS OUI, MAIS OUI...
ÇA FINIT TOUJOURS COMME ÇA, AVEC LUI...
PFF...
C'EST POURTANT LA STRICTE VÉRITÉ...

ME REVOILÀ !
TIENS...
TU SORS ?
OUI !
JE VAIS JUSTE FAIRE QUELQUES COURSES...

NE TRAÎNE PAS TROP...
NE T'INQUIÈTE PAS, JE REVIENS TOUT DE SUITE !
0 1
DIING

FSH
ス

DING
DONG
HMM ?
QU'EST-CE QUE C'EST ?

NOUS DÉTENONS LA PERSONNE QUI COMPTE LE PLUS POUR TOI.
SI TU VEUX LA LIBÉRER, RENDS-TOI À CETTE ADRESSE...
MISAKI !!
DITES DONC, VOUS DEUX !
QU'EST-CE QUI VOUS PREND ?!

À QUOI VOUS JOUEZ, AU JUSTE ?!
TIENS, ELLE SAIT PARLER ANGLAIS...
TANT MIEUX, ON VA SE FAIRE COMPRENDRE PLUS FACILEMENT !
TU VAS ÊTRE NOTRE OTAGE POUR UN PETIT BOUT DE TEMPS...
QUOI ?!
VOTRE OTAGE ?
MAIS POURQUOI ?!
NOUS VOULONS KUROE !
DÉSOLÉE POUR CE QUI T'ARRIVE, MAIS SI TU TE TIENS TRANQUILLE...
ON NE TE FERA AUCUN MAL...

COMMENT ÇA...
KUROE ?!
ON SAIT QUE TU ES SA PETITE AMIE !
HEIN ?!
ズイッ
ZWIP
MAIS VOUS N'Y ÊTES PAS DU TOUT !
CE N'EST PAS AVEC UN APPÂT COMME MOI QUE VOUS ALLEZ POUVOIR L'ATTIRER ICI !!
N'ESSAIE PAS DE NOUS MENTIR !
PFF...
JE NE VOUS MENS PAS !
ENTRE KUROE ET MOI, C'EST JUSTE...
BOUH...

TAP
KUROE !!
HEIN ?! C'EST TOI, SAINOME ?!
MAIS QUE...
PARDON KUROE, J'AI ÉTÉ...

KUROE LE MAGICIEN...
SAINOME !!
SILENCE !
CRAAACH
CETTE AFFAIRE NE TE CONCERNE PLUS...
HMM...
QUI AURAIT PU IMAGINER QUE TU TE SOIS ENFUI SI LOIN DE LONDRES...

QUI ÊTES-VOUS ?
SI JE TE DIS QUE NOUS SOMMES LES FILLES DE KAREDOWULF, EST-CE QUE TU COMPRENDS UN PEU MIEUX ?
FUIIT
KARE-DOWULF ?!
TU SAIS, NOUS AVONS BÉNÉFICIÉ D'INFORMATIONS DE PREMIÈRE MAIN...
TU AS L'AIR TROUBLÉ...
TU NE T'ATTENDAIS PLUS À ENTENDRE CE NOM ?
?!

TE SOUVIENS-TU DE KARE-DOWULF ?
LADY ?!
ÇA ALORS !!
C'ÉTAIT BIEN LA PEINE DE FAIRE TOUT CE CINÉMA...
GRR...
TOUT À FAIT SON GENRE...
EN VÉRITÉ ...
JE N'ÉTAIS PAS TRÈS EMBALLÉE À L'IDÉE DE ME VENGER...
MAIS MAINTENANT QUE JE T'AI DEVANT MOI...
TU NE PEUX PAS SAVOIR À QUEL POINT JE SENS MONTER LA COLÈRE EN MOI...

MON SANG RÉCLAME JUSTICE !!
VSH
ARRÊTE !! C'ÉTAIT UN COMBAT INÉVITABLE !
MAIS JE N'AVAIS AUCUN RESSENTIMENT PERSONNEL CONTRE LUI !!
LA BELLE AFFAIRE !
MOI, EN TOUT CAS, JE N'ÉPROUVE QUE DE LA HAINE À TON ÉGARD !!

FUIIT
FUIIT
TSS...
ZWAAP

BLAM
VSSHH
!!

IL TE FAUDRA PLUS QUE ÇA POUR TE DÉBARRASSER DE NOUS !
DÉSOLÉE, MAIS...
ELLES SONT BIEN DE LA MÊME FAMILLE DE SANG QUE KAREDOWULF...
DE GRÂCE, NE NOUS METS PAS DANS LE MÊME SAC QUE NOS CONGÉNÈRES DU COIN !
TAP
!!
FUIT

FSH
FSH
J'AI PEINE À CROIRE QUE KAREDOWULF A ÉTÉ VAINCU PAR UN TYPE PAREIL !

TAP
À MOINS QUE...
POUR T'OBLIGER À TE BATTRE SÉRIEUSE-MENT...
IL FAILLE LEVER LA MAIN SUR LA FILLE ?
BOBOM
OUH LÀ !
!!
FIUUU

BOM
TCHAC
!!

?!
ド
DOM

GH...
PRENDS ÇA !!
FUIIT
CLANG
JE N'AI NULLE ENVIE DE ME BATTRE CONTRE VOUS...
MAIS SI VOUS M'Y OBLIGEZ, JE NE ME DÉROBERAI PAS !
!!

EN TOUT CAS, JE PRÉFÈRE VOUS PRÉVENIR QUE CE SERA UN COMBAT À MORT... C'EST ÇA QUE VOUS VOULEZ ?
JE DOIS ME RENDRE À L'ÉVIDENCE...
NOUS NE FAISONS PAS LE POIDS CONTRE TOI...
NON !!

QUE TU NOUS RACONTES LES DERNIERS INSTANTS DE NOTRE PÈRE...
JE N'AI AUCUN REGRET PUISQUE JE SAIS AUJOURD'HUI QUE KAREDOWULF EST TOMBÉ FACE À UN ADVERSAIRE PLUS FORT QUE LUI...
J'AIMERAIS JUSTE...
TU AS BIEN VU QUE SA SUPÉRIORITÉ EST ÉCRA-SANTE, NON ?
...

MERCI POUR TON RÉCIT...
KAREDOWULF S'EST BATTU COMME UN CHEVALIER ET EST MORT EN HÉROS... JE SUPPOSE QUE C'EST CE QU'IL SOUHAITAIT...

VOILÀ...
MISSION ACCOMPLIE...
CRAC
ON NE VA QUAND MÊME PAS L'ÉPARGNER APRÈS TOUT ÇA ?!
J'AI ENTENDU CE QUE JE VOULAIS ENTENDRE... ÇA ME SUFFIT !
DE TOUTE FAÇON, NOUS AVONS PERDU...
C'EST À KUROE QUE REVIENT LA DÉCISION DE NOUS ÉPARGNER OU PAS...

N'EST-CE PAS ?
...

CRIII
TUUT
TUUT
BONSOIR !

!!
MERCI POUR LA DERNIÈRE FOIS, MONSIEUR LE MAGICIEN !
NOUS AVONS DÉCIDÉ DE RESTER ICI QUELQUE TEMPS ENCORE...
EH OUI, NOUS AVONS LOUÉ UN APPARTEMENT DANS LE QUARTIER !
COMME ÇA, ON AURA L'OCCASION DE FAIRE PLUS AMPLE CONNAISSANCE...
HEIN ?
EN TOUT CAS, SOIS PRUDENT, ON POURRAIT BIEN TE DÉCAPITER DANS TON SOMMEIL !

SUR CE...
À BIENTÔT !
VROUUM
...
C'EST QUI ?
EH BIEN... DISONS QUE CE SONT...
DE VIEILLES CONNAISSANCES...

Épisode 26
I WANT YOU

INTERLUDE SECRET

DÉSOLÉ POUR CE QUI T'EST ARRIVÉ LA DERNIÈRE FOIS... TU N'AVAIS RIEN À VOIR AVEC TOUT ÇA !
JE VOIS... TU VEUX TE FAIRE PARDONNER EN M'INVITANT À MANGER CHEZ TOI, C'EST ÇA ?
EH OUI, JE VAIS TE RÉGALER AVEC LA SPÉCIALITÉ MAISON !
MAIS TU AURAIS PEUT-ÊTRE PRÉFÉRÉ UN DÎNER DANS UN RESTAURANT DE LUXE...
NON MERCI, JE N'AIME PAS LES AMBIANCES GUINDÉES...

C'EST BIENTÔT PRÊT, ENCORE UN PEU DE PATIENCE !
AU FAIT, OÙ EST MISAKI ?
CE SOIR, ELLE PASSE LA NUIT ...
CHEZ UNE AMIE DE HIGURE !
JE VOIS...

BIZARRE
...
WHIP
FLAAP
...
TAP
TAP
ÇA Y EST, C'EST PRÊT !

VOICI LA SPÉCIALITÉ DU CHEF KUROE !
QUE SE PASSE-T-IL, SAINOME ?

HMM...
BOM
KUROE ?!
FLAAP
フラ
MAIS...

OÙ SUIS-JE ?
DANS TA CHAMBRE...
TU ES TOMBÉE DANS LES POMMES CHEZ MOI...
TU AS DÛ PRENDRE FROID !
AH... JE COMPRENDS ...
MAINTENANT QUE J'Y PENSE... C'EST VRAI QUE J'ÉTAIS UN PEU FIÉVREUSE CE MATIN !
DÉSOLÉE DE T'AVOIR CAUSÉ DU SOUCI...
CE N'EST RIEN, NE T'EN FAIS PAS !

TIENS ?
MAIS AU FAIT, CE PYJAMA...
JE NE POU-VAIS QUAND MÊME PAS TE LAISSER DORMIR TOUT HABILLÉE...
ALORS JE T'AI CHANGÉE !
COMMENT ?!
TU... TU M'AS CHANGÉE ?!
MAIS NON, JE PLAI-SANTE !
TU NE TE RAPPELLES PAS L'AVOIR FAIT TOUTE SEULE ?

EUH...
NON... JE NE M'EN SOUVIENS PAS...
TU AVAIS CER-TAINEMENT L'ESPRIT EMBRUMÉ À CAUSE DE LA FIÈVRE...
RESTE AU CHAUD ET REPOSE-TOI BIEN !
JE SUIS DANS LE SALON, À CÔTÉ...
APPELLE-MOI SI TU AS BESOIN DE QUELQUE CHOSE !
ENTENDU ...

HMM...
J'AI SOIF...
VRRT
キシッ
GLOU
GLOU
ゴク
POF
コト

カリ
BOUM
ク
PAAF
ペタン
OH...
NON...
JE N'AI PLUS DE FORCE DANS LES JAMBES...
...
ス
POF

?!
ヒョイ
FUIIT
KUROE...
NON...
NE FAIS PAS ÇA...
ジタ
DAM
バタ
DAM
OUH LÀ...
ATTEN-TION !
ARRÊTE DE GESTI-CULER !
IL NE FAUT PAS...
LAISSE-TOI FAIRE...

JE T'EN PRIE...
キリシッ
CRIIICH
SAINOME ...

ZWIIP
TU AS ENCORE PAS MAL DE FIÈVRE, DIS-MOI...
TU TRANSPIRES BEAUCOUP ...
IL FAUT QUE TU TE CHANGES...
NON... KUROE...
TU NE PEUX PAS FAIRE ÇA...
FAIS-MOI CONFIANCE...

TU NE PEUX PAS...
SAINOME...
AAH...

KUROE...
チ OUI チ OUI
...
MAIS... OÙ SUIS-JE ?

QUE S'EST-IL PASSÉ HIER SOIR ?
TU NE PEUX PAS...
OH...
C'ÉTAIT UN RÊVE ?
ÇA ALORS !
BOM
MAIS... C'EST ÉTRANGE ...
JE N'AI PLUS LE MÊME PYJAMA...
POURTANT, JE NE ME SOUVIENS PAS DE M'ÊTRE CHANGÉE...

VRRT
TIENS, SAINOME...
OH...
TU ES SÛRE QUE TU PEUX DÉJÀ QUITTER LE LIT ?
OU... OUI... ÇA IRA...
BOBOM
ドキ
...

POF
!!
HMM... TU AS ENCORE UN PEU DE FIÈVRE...
ET SURTOUT, TU AS LE VISAGE BIEN ÉCARLATE...
AH... TU TROUVES ?
TU DEVRAIS RESTER ALLONGÉE...
LE TEMPS QUE JE TE PRÉPARE UN PETIT BOUILLON !

...
EUH... DIS-MOI...
QU'EST-CE QUI M'EST ARRIVÉ HIER SOIR ?
TU T'ES ÉVANOUIE DANS LA CUISINE...
OUI...
ÇA, JE M'EN SOUVIENS...
MAIS APRÈS ...
APRÈS ?
...

NON...
NE ME DIS RIEN...
?
TU DEVRAIS PRENDRE TES MÉDICAMENTS ET TE RALLONGER APRÈS LE REPAS...
JE PEUX RESTER AVEC TOI JUSQU'À LA FIN DE LA JOURNÉE...
MERCI...

NE TE SENS PAS GÊNÉE... JE TE DOIS BIEN ÇA, APRÈS LA MÉSAVENTURE DE LA DER-NIÈRE FOIS !
APRÈS TOUT, TOI AUSSI TU AS PRIS SOIN DE MOI QUAND J'ÉTAIS MALADE... C'EST UN JUSTE RETOUR DES CHOSES !
...
UN JUSTE RETOUR DES CHOSES...
N'HÉSITE PAS À ME DEMANDER SI TU AS BESOIN DE QUOI QUE CE SOIT...
BOM
KUROE...
OUI ?

ENFIN... COMMENT DIRE...
C'EST JUSTE QUE... SI TU CONTINUES À ÊTRE AUSSI ATTENTIONNÉ AVEC MOI...
OUI ?
TANT DE PRÉVENANCES...
FINIRONT PAR ME DONNER ENVIE DE MONOPOLISER TON CŒUR...
TU VOULAIS ME DIRE QUELQUE CHOSE ?
NON, RIEN...

Épisode 27
PLAY SOME BLUES

ADIEU POUR TOUJOURS

SHIZUKA...
OUI, HIRO ?
カチャ
TAC

MERCI, MAIS CE N'ÉTAIT PAS LA PEINE…
NE T'EN FAIS PAS… ÇA ME FAIT PLAISIR !
TU SAIS, JE NE T'OBLIGE PAS À RESTER À MES CÔTÉS…
JE LE SAIS BIEN, SHIZUKA…

PATRON ! C'EST ENCORE LE MÊME MODE OPÉRATOIRE !

LA VICTIME A ÉTÉ RETROUVÉE VIDÉE DE SON SANG !
...
HMM...

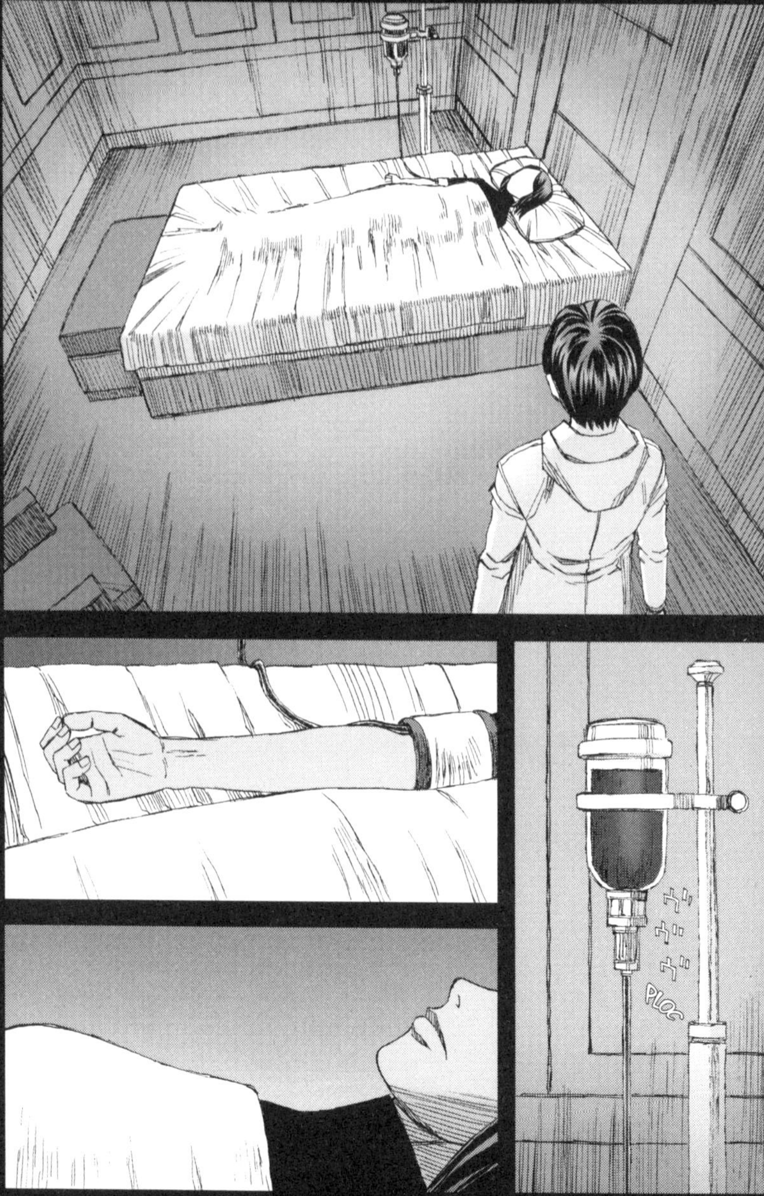
PLOC

IL T'EN FAUT ENCORE ?
SHIZUKA... JE NE TE LAISSERAI PAS TOMBER !

J'AI UN MESSAGE DE LA PART DE MONSIEUR HIGURE...
...
"IL EST TEMPS DE T'ACQUIT-TER DE TA DETTE..."

IL SEMBLERAIT QUE NOTRE HOMME SOIT PLUTÔT HABILE...
CE SERAIT TELLEMENT SIMPLE QUE JE LUI FASSE LA PEAU MOI-MÊME...
MAIS CE FOURBE ÉVITE SOIGNEUSEMENT D'APPARAÎTRE DEVANT MOI ET MES PROCHES...
QUANT AUX VAMPIRES DE RANG INFÉRIEUR, C'EST TROP RISQUÉ POUR EUX ...
JE NE VEUX PLUS DE VICTIMES SUPPLÉMENTAIRES DANS NOS RANGS...
C'EST POUR ÇA QUE TU AS FAIT APPEL À MOI ?
EXACT !

POUR L'INSTANT, TOUS CEUX QUI ONT ÉTÉ TUÉS APPARTIENNENT À MA FAMILLE DE SANG…
LE TUEUR NE POURRAIT PAS ÊTRE QUELQU'UN DE TON ENTOURAGE ?
J'Y AI PENSÉ… MAIS FRANCHEMENT, RIEN NE LE PROUVE…
UN DE MES HOMMES EST INJOIGNABLE EN CE MOMENT…
MAIS JE NE PENSE PAS QU'IL Y SOIT POUR QUELQUE CHOSE…
ET LE COMTE ?
IMPOSSIBLE…
IL NE PRENDRAIT PAS LE RISQUE DE DÉCLENCHER UNE GUERRE TOTALE !
JE NE VOIS PAS NON PLUS CE QU'UN VANATORE ISOLÉ AURAIT À Y GAGNER…

JE PRÉFÈRE TE PRÉVENIR QUE SI L'ASSASSIN EST UN HUMAIN, JE NE POURRAI PAS PORTER LA MAIN SUR LUI...
JE COM-PRENDS...
MAIS JE SAIS QUE TU ES CAPABLE DE CAPTURER UN ADVERSAIRE SANS MÊME LE BLESSER...
PEUT-ÊTRE, MAIS J'AURAIS QUAND MÊME DES SCRU-PULES À LE LIVRER À UN VAMPIRE...
...
JE TE RAP-PELLE QUE L'ASSASSIN S'EN PREND À TOUS LES VAMPIRES, INDISTINC-TEMENT...
ET QUE TA TRÈS CHÈRE PROTÉGÉE POURRAIT ÊTRE SA PROCHAINE VICTIME !

ET COMMENT VA-T-ON FAIRE POUR L'ARRÊTER ?
J'AI DIFFUSÉ UNE FAUSSE INFORMATION...
JE T'INDIQUERAI L'ENDROIT OÙ TU DEVRAS TE RENDRE POUR LUI TENDRE UNE EMBUSCADE...
PFF... JE ME SUIS ENCORE FOURRÉ DANS UNE SALE HISTOIRE...
BAM
WROO

BAANG
TCHAC
?!
VSH
FUIIT

BAAM
GH...
UN VAM-PIRE ?
NON... SANS DOUTE UN RENFIELD...
TAP

BAAM
サッ
ファッ
VSH
TSS...
TAP
タッ
TAP
À EN JUGER PAR SON AGILITÉ, CE TYPE EST PEUT-ÊTRE UN VANATORE !
BON SANG... MAIS POURQUOI UN HUMAIN ME POURCHASSERAIT-IL ?

TAP
BRAVO...
TU AS RÉUSSI À M'ACCULER ...

JE NE POURRAI PAS L'ATTEINDRE D'ICI...
VSH
!!
BAAM

サッ
FSH
ア
ア
ヒュウウウ
FUIIIT
BOUM
サッ
...
C'EST LA DEUXIÈME FOIS QU'IL M'ÉCHAPPE ...

POURQUOI CET HUMAIN LEUR PRÊTE-T-IL MAIN-FORTE ?
UNE CHOSE EST SÛRE : LES VAMPIRES CONNAISSENT MES INTENTIONS, MAINTENANT...

JE LE SAIS MIEUX QUE QUICONQUE...
CE QUE JE FAIS EST COMPLÈTEMENT ABSURDE !
LE SANG DES VAMPIRES DE RANG INFÉRIEUR NE M'EST PLUS D'AUCUNE UTILITÉ...
CE QU'IL ME FAUT...
C'EST UN SANG D'UNE TOUT AUTRE PUISSANCE...

C'ÉTAIT UN REN-FIELD...
IL AVAIT LE MÊME POUVOIR QUE TOI...
...
SEULS LES VAMPIRES DE L'ANCIENNE GÉNÉRATION PEUVENT FAIRE USAGE DE L'ARTA...
IL EST THÉORIQUE-MENT IMPOS-SIBLE QUE LES RENFIELDS EN SOIENT DOTÉS...
À MOINS QUE...
CETTE FILLE Y SOIT POUR QUELQUE CHOSE...

!!
キ
CRIII
TU ES BIEN MARIA ?
C'EST MONSIEUR HIGURE QUI M'ENVOIE TE CHERCHER ...

QUE S'EST-IL PASSÉ AVEC MARIA ?
JE VOIS...
UN PROBLÈME ?
MARIA A ÉTÉ KID-NAPPÉE...
QUOI ?!
LE COUPABLE DOIT L'UTILISER COMME APPÂT POUR M'ATTIRER À LUI...

JE CROIS SAVOIR DE QUI IL S'AGIT... QUE COMPTES-TU FAIRE MAIN-TENANT ?
JE NE T'OBLIGE PAS À RESTER AVEC MOI...
JE RESTE... JE N'AI PAS ENVIE DE T'ÊTRE ÉTER-NELLEMENT REDEVABLE...
ET PUIS, LE SORT DE MARIA NE ME LAISSE PAS INDIF-FÉRENT...
TSS... RÉACTION TYPIQUE-MENT HUMAINE...
EN TOUT CAS, ÇA M'ARRANGE... JE PENSE QUE TU VAS POU-VOIR M'ÊTRE UTILE.
À QUI AVONS-NOUS AFFAIRE ?
À UN RENFIELD QUI SERT UN VAMPIRE DE RANG SUPÉRIEUR...
IL EST MÊME DOTÉ DE L'ARTA DE SON MAÎTRE...
C'EST POUR ÇA QUE LES VAMPIRES INFÉRIEURS NE PEUVENT RIEN CONTRE LUI...

TE VOILÀ
ENFIN !!

RELÂCHE MARIA !
ÉCOUTE D'ABORD MES EXI-GENCES...
SINON TU PEUX DIRE ADIEU À CETTE FILLE !!
BON, VAS-Y...
PFF...

HEIN ?
VRRT
TSS...
?!
SHLAC

FUIIT
ZDAAAM

ARGH...
VSH
BAAM
ドッ

POF
TAP
C'ÉTAIT QUOI, CES EXIGENCES ?

TON SANG !
JE VEUX TON SANG !!
TU VEUX DEVENIR UN VAMPIRE ?
TU TE TROMPES !!
OÙ EST SHIZUKA ?
GH...

JE VOIS...
TOUT EST FINI POUR ELLE...

C'EST FAUX !!
ELLE A JUSTE BESOIN DE TON SANG ! TU ES LE SEUL À POUVOIR LE LUI DONNER PARCE QUE TU ES SON CHEF DE FAMILLE !
...
BAM
VSH

スッ
FUIIT
グッ
FUIIT
REGARDE BIEN !
...

ELLE A RENDU L'ÂME À FORCE DE SE VIDER DE SON SANG...
NON... DIS-MOI QUE C'EST FAUX...
ON NE PEUT PAS RALLUMER UNE BOUGIE QUI N'A PLUS DE CIRE...
ドッ
POF
TU POURRAS LUI EN INJECTER AUTANT QUE TU VOUDRAS...

C'EST UNE VIEILLE HISTOIRE...
...
ON S'EST RENCONTRÉS PEU APRÈS MON RETOUR DANS CE PAYS...

ELLE ÉTAIT ATTEINTE D'UNE MALADIE INCURABLE...
ET ELLE ATTENDAIT LA MORT AVEC FATALISME.
J'AI FAIT ÇA PAR COMPASSION POUR ELLE...
OU PEUT-ÊTRE SIMPLEMENT PARCE QUE JE VOULAIS DE LA COMPAGNIE...

JE NE ME SOUVIENS PLUS DE MES MOTIVATIONS RÉELLES...
NI DE SA RÉACTION À ELLE...
MAIS QU'IMPORTE... TOUT ÇA N'A PLUS DE SENS AUJOURD'HUI !

C'ÉTAIT UN SACRÉ PETIT BOUT DE FEMME... ELLE AVAIT CETTE FORCE INTÉRIEURE QUE SEULS POSSÈDENT CEUX QUI ONT VU LA MORT EN FACE...
FAISANT FI DE SON CORPS QUI SE DESSÉCHAIT DE JOUR EN JOUR, ELLE A CONTINUÉ À DONNER SON SANG À CE RENFIELD...
QUE DIS-JE... ELLE LUI A FAIT DON DE SA VIE...

JUSQU'À PERDRE LA SIENNE...

MONSIEUR HIGURE...

DÉSOLÉ POUR CE QUI S'EST PASSÉ...
JE VAIS BIEN, NE VOUS EN FAITES PAS...
MAIS...
OUI ?
NON, RIEN... JE VOUS LAISSE...
MERCI...

Épisode 28
I BELIEVE IN YOU

DES MOTS POUR TOI

J'ADORE LES LIBRAIRIES... QUAND JE PENSE À TOUTES CES ŒUVRES QU'IL ME RESTE À DÉCOUVRIR, J'AI LE CŒUR QUI PALPITE...
!!

MAIS C'EST QUI, ELLE ?!
OUAH !!
ZDAP
TAP
OH...

GH...
BAM
AÏE AÏE...
C'EST TOI, MISAKI ?!
MINCE ...
TAP
TAP
CATCH

POURQUOI TU TE SAUVES ?
HEIN ?
EUH...
VRAIMENT ?! VOUS ÊTES MADAME ÔE, L'ÉCRIVAIN ?
OH...
TU ES SURPRISE ?

?
CETTE PETITE EST UNE DE VOS PLUS FIDÈLES LECTRICES...
JE N'AURAIS JAMAIS IMAGINÉ QU'UNE GRANDE ROMANCIÈRE COMME VOUS SOIT AMIE AVEC UN ÉCRIVAIN AUSSI CONFIDENTIEL QUE KUROÉ !
COMMENT ÇA, CONFIDENTIEL ?
BIEN ENTENDU, J'AI LU VOTRE TOUT DERNIER ROMAN !!
J'AI ADORÉ !!
MERCI ...

JE SUIS TELLEMENT CONFUSE DE NE POUVOIR VOUS DIRE QUE DES BANALITÉS !!
IL FAUT DIRE QUE JE NE M'ATTENDAIS PAS À FAIRE UNE TELLE RENCONTRE...
ÇA VA, ON A COMPRIS...
MINCE...
BEN QUOI ?! ÇA ME CHANGE D'UN ÉCRIVAIN COMME TOI, QUI N'ARRIVE PAS À PERCER...
DIS DONC, JE TE TROUVE UN TANTINET VEXANTE DEPUIS TOUT À L'HEURE !
ON SE DEMANDE BIEN POURQUOI...
TSS...
BIIP
BIIP
TIENS, UN APPEL...
JE M'ABSENTE UN INSTANT ...
TAP
HÉ HÉ !

...
VOUS AVEZ L'AIR DE BIEN VOUS ENTEN-DRE...
OU... OUI, EN EFFET...
C'EST QUE NOUS SOMMES ENSEMBLE DEPUIS SI LONGTEMPS ...
TU FAIS CONFIANCE À M. KUROSE ?
PAR-DON ?
EUH... COM-MENT DIRE...
BEN JUSTE-MENT, JE DEVIENS SOUPÇONNEUSE QUAND JE LE VOIS AVEC UNE BELLE FEMME COMME ELLE...
EH BIEN...
POURQUOI CETTE QUESTION ?

PARCE QUE TOUT À L'HEURE TU AS RÉAGI COMME UNE ÉPOUSE RÉPRIMANDANT UN MARI VOLAGE...
M... MAIS PAS DU TOUT !
J'ÉTAIS JUSTE UN PEU SURPRISE QU'IL SOIT EN COMPAGNIE D'UNE SI BELLE FEMME...
AH OUI ?
EN TOUT CAS, JE PENSE QUE M. KUROSE EST UN HOMME À QUI ON PEUT SE FIER...
CELA DIT, IL N'Y A RIEN DE MOINS SÛR QUE MON JUGEMENT SUR LES GENS...
PARDON ?
DÉSOLÉE, NE LE PRENDS PAS MAL...
CE QUI EST EN CAUSE, C'EST MON JUGEMENT, PAS LUI !

J'AI ÉTÉ TRAHIE RÉCEMMENT PAR UNE PERSONNE EN QUI J'AVAIS UNE CONFIANCE TOTALE...
...
OUI... DISONS PLUTÔT QUE J'AVAIS BESOIN D'EN PARLER À QUELQU'UN...
C'EST POUR ÇA QUE VOUS VOULIEZ DEMANDER CONSEIL À KUROE ?

IL N'Y A PAS BEAUCOUP DE PERSONNES AUTOUR DE MOI À QUI JE PEUX ME CONFIER...
IL S'AGIT D'UNE HISTOIRE D'AMOUR MALHEU-REUX ?
NON... C'EST UNE DÉCONVENUE D'ORDRE PROFES-SIONNEL...
PROFES-SIONNEL ?
TU SAIS... ÇA AURAIT ÉTÉ PLUS SIMPLE SI CE N'AVAIT ÉTÉ QU'UNE BANALE DÉSILLUSION SEN-TIMENTALE...
VOUS PENSEZ ?

LES HISTOIRES DE CŒUR, ÇA ME LAISSE PLUTÔT INDIFFÉRENTE...
JE CROIS QUE ÇA NE M'INTÉRESSE PAS TANT QUE ÇA...
EN REVANCHE...
EN TANT QUE ROMANCIÈRE...
L'ÉCRITURE, C'EST TOUTE MA VIE !
ギュ
PLOF
...

J'AI PUBLIÉ MON PREMIER LIVRE ALORS QUE J'ÉTAIS ENCORE ÉTUDIANTE...
J'AI DONC COMMENCÉ MA CARRIÈRE LITTÉRAIRE SANS JAMAIS M'ÊTRE FROTTÉE AUX RÉALITÉS DE LA SOCIÉTÉ...
ALORS JE SUIS UN PEU COMME UNE PRINCESSE QUI NE CONNAÎT RIEN À LA VRAIE VIE...
...
HÉ HÉ... TU PARLES D'UNE PRINCESSE !
BREF, TOUT ÇA FAIT QUE JE SUIS TRÈS CRÉDULE...
ET QUE JE ME FAIS AVOIR FACILEMENT...
...
JE SAIS BIEN QUE C'EST DE MA FAUTE... J'ACCORDE MA CONFIANCE AU PREMIER VENU...
PUIS JE ME DÉSOLE LORSQU'IL ME TRAHIT, JE M'EMPORTE ET JE PERDS LE CONTRÔLE... QUELLE IDIOTE JE FAIS !

JE N'ACCEPTE PAS LE MENSONGE, QU'IL VIENNE D'AUTRUI OU QU'IL SOIT DE MON FAIT...
MAIS LE MONDE EST PLUS COMPLEXE QUE ÇA, ET J'AI DÛ ME RENDRE À L'ÉVIDENCE...
J'AI JUSTE PRIS CONSCIENCE DE LA RÉALITÉ DES CHOSES...
MAIS QUAND JE PENSE QUE J'AI MIS TANT D'ANNÉES À COMPRENDRE ÇA...
JE N'ARRIVE PLUS À ALLER DE L'AVANT !
!!
JE M'ÉTAIS SANS DOUTE SURESTIMÉE, MAIS JE NE M'IMAGINAIS PAS AUSSI FRAGILE...

EUH...
JE VOUS EN PRIE... NE NOUS LAISSEZ PAS TOMBER !
JE SERAIS TELLEMENT TRISTE...
DE NE PLUS POUVOIR LIRE VOS LIVRES ...

DÉSOLÉE
...

JE ME RENDS COMPTE...
QUE J'ÉTAIS SUR LE POINT DE TRAHIR À MON TOUR QUELQU'UN QUI CROYAIT EN MOI...
PAR-DON ?
JE FAIS MES ADIEUX À L'ÉCRITURE AVEC GRAN-DILOQUENCE EN DISANT QUE C'ÉTAIT TOUTE MA VIE...
MAIS, FINALEMENT, IL AURA SUFFI D'UN RIEN POUR QUE JE REVIENNE SUR MA DÉCISION !

FRANCHEMENT...
OÙ AVAIS-JE LA TÊTE ?
MERCI EN TOUT CAS...

ALORS VOUS ME PROMETTEZ DE...
BIEN SÛR...
NE T'INQUIÈTE PAS ! JE N'ABANDONNERAI PAS MES LECTEURS...
SI JE CONTINUE À ÉCRIRE MALGRÉ TOUT...
C'EST GRÂCE À DES GENS COMME TOI !

OUF...
BOM
OUH LÀ... DÉSOLÉE...
QU'EST-CE QUI M'A PRIS DE RACONTER DES CHOSES PAREILLES À UNE SI JEUNE FILLE ?
PA... PARDON...
JE N'AURAIS PAS DÛ ME MÊLER DE VOTRE HISTOIRE...
JE N'AVAIS PAS L'INTENTION DE TE RACONTER TOUT ÇA...
MAIS TU AS LE POUVOIR ÉTRANGE DE ME METTRE EN CONFIANCE...

...
...
QUE SE PASSE-T-IL ? MISAKI A ENCORE DIT UNE BÊTISE ?
MAIS... ÇA VA PAS ?!
NON, C'EST PLUTÔT MOI QUI AI DIT UNE BÊTISE...

DIS-MOI, KUROE, EST-CE QUE TU ME FAIS CONFIANCE ?
...
POURQUOI CETTE QUESTION ?
QU'IMPORTE, RÉPONDS-MOI !
VOYONS VOIR...
JE N'Y AI JAMAIS VRAIMENT RÉFLÉCHI...
ET DE TOUTE FAÇON, QUAND TU ME FAIS DES CACHOTTERIES, ÇA SE VOIT TOUT DE SUITE...
GRR...
JE NE TE PARLE PAS DE ÇA !
PFF...
もーっ

TU SAIS, JE SUIS UNE PERSONNE BEAUCOUP PLUS COMPLEXE QUE TU LE CROIS...
ENFIN, UN VAMPIRE, PAS UNE PERSONNE...
MÊME TOI, TU NE CONNAIS PAS TOUS MES SECRETS !
EN TOUT CAS, TU N'ES PAS AUSSI PERSPI-CACE QUE TU LE PENSES...
AH OUI ?
JE ME DEMANDE POURTANT...
S'IL Y A ENCORE DES CHOSES QUE J'IGNORE SUR TOI...
MAIS BIEN SÛR QUE OUI...

PAR EXEMPLE ...
TU NE SAIS PAS À QUEL POINT JE T'AIME, KUROE !

コツ
TAP
MERCI, JEUNE FILLE...
JE CONTINUERAI À ÉCRIRE...

TANT QU'IL Y AURA SOUS CE CIEL ÉTOILÉ DES GENS COMME TOI QUI ME FONT CONFIANCE...

Épisode 29
NOCTURNAL LIFE

VIE NOCTURNE

OH !
C'EST UNE COUETTE QUE TU AS LAISSÉE SÉCHER AU SOLEIL ?
OUI !

?
ET HOP !
FSH
MAIS...
FUIIT
C'EST PARTI !

POF
OUAH ! COMME C'EST DOUX !
C'EST ENCORE IMPRÉGNÉ DE LA CHALEUR DES RAYONS DU SOLEIL !
PAAF
ぐるん
VRRT
HOP HOP ...
?
もぞ
VRRT
...
もぞ
VRRT

AAAH !
C'EST TROP CHAUD !!
PAAF
QU'EST-CE QUE C'EST QUE CE CINÉMA ?
HA HA HA !
CATCH
BOUM
AAAH !
J'AI L'IMPRESSION DE ME PRÉLASSER AU SOLEIL !
JE VAIS POUVOIR FAIRE DE BEAUX RÊVES !

JE ME VOIS DÉJÀ PRENDRE MON GOÛTER DANS UN MAGNIFIQUE SALON DE THÉ...
BREF, TU NE PENSES QU'À MANGER...
C'EST QUOI, CETTE RÉPUTATION DE GOINFRE QUE TU ME FAIS ?
TCHAC
チャ
TIENS ?
TU ES SÛR QUE TU N'AS PAS MIEUX À FAIRE QUE LE MÉNAGE EN CE MOMENT ?
HEIN ? EH BIEN...

PASSE-MOI ÇA ! TU DOIS AVOIR DU TRAVAIL...
AH BON ?
LAISSE-MOI FAIRE, J'AIME BIEN PASSER L'ASPIRATEUR !
ALLEZ, OUSTE ! AU BOULOT !
WROOO

...
HMM...

♪?
TADAAM
TU RE-GARDES UN FILM ? MAIS TU AS FINI DE TRA-VAILLER ?
EUH...
EN FAIT, ÇA N'AVANCE PAS TROP... JE N'AR-RIVE PAS À ME MOTIVER...

OH LÀ LÀ, UNE PANNE D'INSPIRA-TION ?
NON, JE N'EN SUIS PAS ENCORE LÀ...
BON, JE TE TIENS COM-PAGNIE...
D'ACCORD... MAIS JE TE PRÉVIENS, C'EST UN FILM QUI FAIT UN PEU PEUR...
ET ALORS ?

TCHAC
ビク
BOM
!!
WOOOH
BAAM
...
ガバッ
PAAF

TOC
TOC
TU NE VIENS PAS DORMIR, KUROE ?
...
JE SUIS TOUJOURS AUSSI PEU INSPIRÉ, MAIS IL FAUT BIEN QUE J'AVANCE MON MANUSCRIT...

...
QUE FAIS-TU DEBOUT À CETTE HEURE ?
RIEN...
...
JE PARIE QUE TU N'ARRIVES PAS À DORMIR À CAUSE DU FILM QUE TU VIENS DE VOIR...
PAS DU TOUT !!
JE SUIS JUSTE VENUE SURVEILLER L'AVANCEMENT DE TON TRAVAIL !
ÇA, C'EST GENTIL !

JE M'ASSIEDS DERRIÈRE TOI POUR TE STRESSER COMME LE FAIT TA RESPONSABLE ÉDITORIALE !
ドス
POF
HÉ HÉ...
ス
TAP

QU'EST-CE QUE TU FAIS ?
JE VAIS REPRENDRE UN PEU DE CAFÉ...
...
QUOI ?
NON, RIEN...

TU VEUX
DU THÉ,
MISAKI ?
スッ
CATCH
ÇA VA
T'EMPÊCHER
ENCORE PLUS
DE DORMIR,
MAIS BON...
JE ME LE
PRÉPARE
MOI-MÊME,
MERCI...

コクッ
FUIT

ZZZ

COMMENT PEUX-TU ÊTRE EFFRAYÉE POUR SI PEU, ALORS QUE TU AS CONNU DES EXPÉRIENCES BIEN PLUS TERRIFIANTES ?
OUI... BIEN PLUS TERRIFIANTES...
HMM...

BONNE
NUIT...
BAM

FOUAAH...
POF
ボー…

SALUT !
BONJOUR ...
IL EST QUELLE HEURE ?
IL FAIT DÉJÀ NUIT...
FOUUH...

J'AI L'IMPRESSION D'AVOIR FAIT PLEIN DE CAU-CHEMARS...
FIOUH...
AH BON ?
N... NON !
JE VOULAIS DIRE QUE J'AVAIS MAL DORMI, C'EST TOUT !
OUH LÀ...
BOOUH...
SI JE N'ÉTAIS PAS OBLIGÉE DE DORMIR LE JOUR POUR ME RÉVEIL-LER LA NUIT, JE SUIS SÛRE QUE JE N'AURAIS PAS CE GENRE DE PROBLÈMES...

JE ME DEMANDE BIEN POURQUOI LES VAMPIRES CRAIGNENT LA LUMIÈRE DU SOLEIL...
CE SERAIT QUAND MÊME PLUS POÉTIQUE QU'ILS SOIENT SENSIBLES AUX RAYONS DE LA LUNE, TU NE TROUVES PAS ?
LA LUNE, C'EST POUR LES LOUPS-GAROUS...
MOI, J'AURAIS FAIT UN ADORABLE LOUP-GAROU...
JE TE VERRAIS PLUS EN FÉLIN NON-CHALANT QU'EN LOUP...
UN FÉLIN CURIEUX DE TOUT, MAIS QUI FINIT PAR ÊTRE PRIS AU PIÈGE DE SA PROPRE CURIO-SITÉ...

EUH... C'EST UNE IMPRESSION OU TU TE MO-QUES DE MOI ?
TU VEUX QU'ON REGARDE UN FILM DE LOUPS-GAROUS, LA PROCHAINE FOIS ?
NON MERCI, CE N'EST PAS MON GENRE...

À SUIVRE...

Déesse et collégienne ?
Le début des ennuis !
© 2007 Besame Mucho / Aniplex Inc.
© Hanaharu Naruko / ASCII MEDIA WORKS
Kamichu !
Kamichu ! 1
Hanaharu Naruko
Kamichu ! 2
Hanaharu Naruko
Editions Ki-oon
www.ki-oon.com

VAMPIRE CHRONICLES
LA LÉGENDE DU ROI DÉCHU
Le mythe du vampire revisité par Square Enix !
Editions Ki-oon
www.ki-oon.com
© KYO SHIRODAIRA YURI KIMURA / SQUARE ENIX

JUSQU'À CE QUE LA MORT NOUS SÉPARE
Until Death Do Us Part
LE THRILLER URBAIN
SELON SQUARE ENIX
Editions Ki-oon
www.ki-oon.com

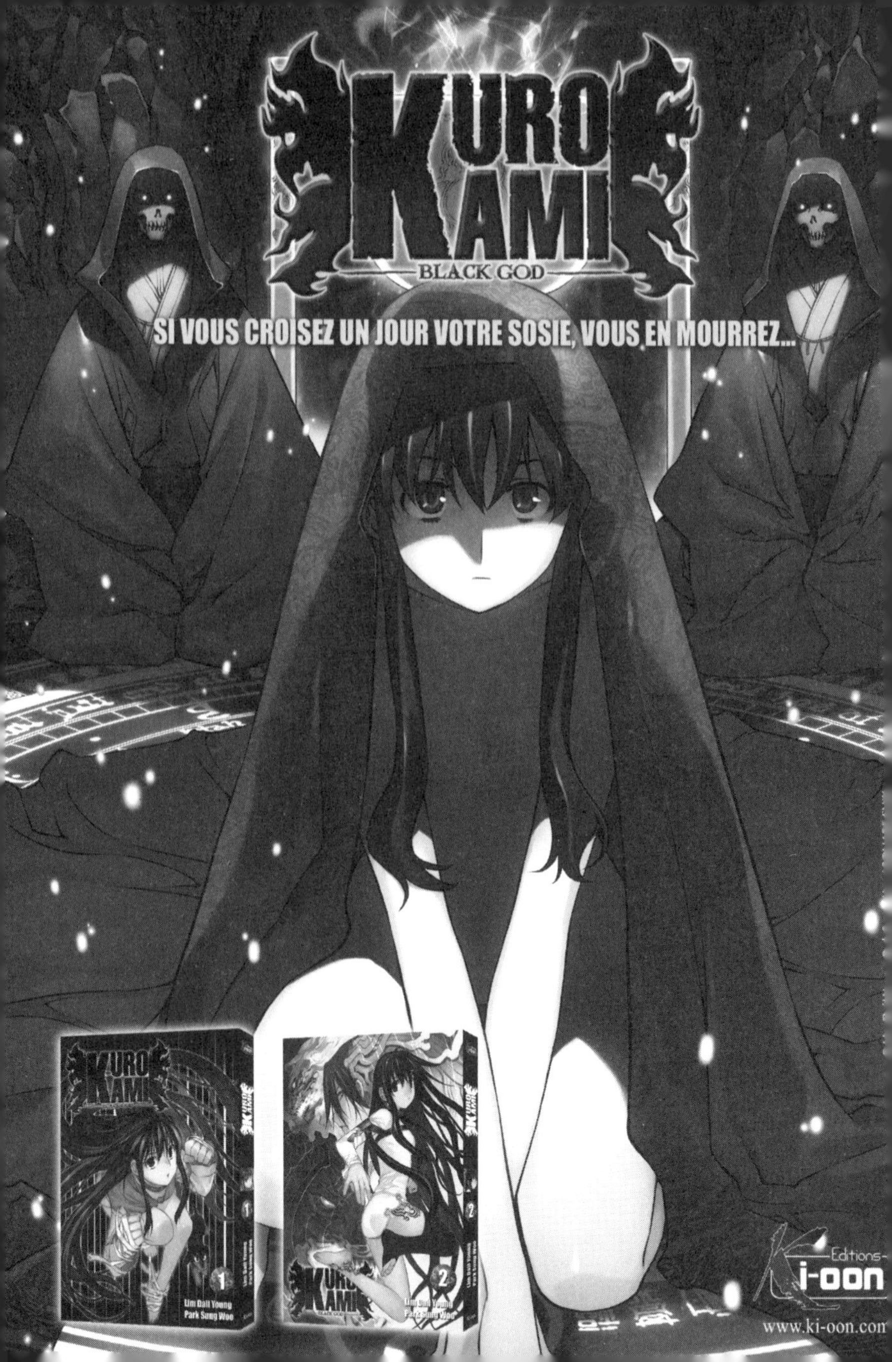
KURO KAMI
BLACK GOD
SI VOUS CROISEZ UN JOUR VOTRE SOSIE, VOUS EN MOURREZ...
KURO KAMI
1
Lim Dall Young
Park Sung Woo
KURO KAMI
BLACK GOD
2
Lim Dall Young
Park Sung Woo
Editions
Ki-oon
www.ki-oon.com

Editions Ki-oon
www.ki-oon.com
Kamisama
Kamisama
Kamisama
Kamisama
© Keisuke Kotobuki / Ki-oon
Découvrez Kamisama, le conte manga 100% couleur !